SCIENCE FICTION

UND FANTASY

SCIENCE FICTION

UND FANTASY

Die Welt des Tim White

Paper Tiger

Titel der englischen Originalausgabe:
Chiaroscuro – Tim White

Übersetzung: Michael Löschner, Nürnberg

Printed in Italy
ISBN 3-89350-735-3

Vorstellungskraft ist wichtiger als Wissen
(Albert Einstein)

Vorstellungskraft ist unser Werkzeug zur Veränderung. Ohne die Möglichkeiten unserer Phantasie wären wir gefangen – gefangen in dem, was wir Realität nennen. Doch auch diese Realität, die Umgebung, in der wir leben, ist genaugenommen das Endprodukt unserer Vorstellungskraft. Die Natur hat uns eigentlich nur mit Rohmaterialien umgeben, erst der Mensch hat dann die Möglichkeiten erforscht. Vieles von dem, was heute auf unsere fünf Sinne einwirkt, war einst nicht mehr als ein Funke in der Vorstellungskraft eines Menschen. Alle großen Erfindungen – Dinge, die wir inzwischen für ganz alltäglich halten und die dennoch jede Facette unseres Lebens beeinflussen – waren einmal nur in einem Gedanken vorhanden. *Was wäre, wenn ...?* Dieser Gedanke kam auf und entzündete die Vorstellungskraft von unzähligen anderen, schob die Grenzen des Wissens weiter und weiter hinaus. Die Elektrizität wurde bereits vor tausenden von Jahren von den alten Griechen entdeckt, doch es dauerte bis zum 18. Jahrhundert, ehe Benjamin Franklin und seine Mitarbeiter die Kontrolle und den nutzbringenden Einsatz dieser Energieform entwickeln konnten. Die Veränderungen, die diese Entdeckung in der Welt hervorrief, übertrafen sicherlich die wildesten Vorstellungen. Und diese Änderungen werden auch Einfluß auf die Welt von morgen nehmen. Doch wie viele wichtige Entdeckungen enthält sie ein gutes und ein schlechtes Potential. Die selbe Energie, die eine Frühgeburt im Brutkasten am Leben erhält, kann auch den Zündfunken für einen nuklearen Sprengkopf liefern. Der Same einer Idee kann immer sowohl zur Errettung als auch zur Zerstörung der gesamten menschlichen Rasse heranreifen. Es ist schon ein seltsamer Gedanke, wenn man sich überlegt, daß die Zukunft schon hier und jetzt in unserer Vorstellungskraft existiert. Gemeinsam und auch individuell besitzen wir somit alle die Fähigkeit, den Status quo zu verändern.

Das letzte Jahrhundert hat einige erstaunliche Entwicklungen im Bereich der Technologie hervorgebracht – doch alles hatte seinen Preis. Auch unser weiterer Weg ist mit Gefahren gepflastert, wobei wir ironischerweise für die meisten dieser Gefahren selbst verantwortlich sind. Wir können die Erfindung der nuklearen Waffen nicht mehr ungeschehen machen, wir müssen stattdessen lernen, mit dieser Realität, die wir selbst geschaffen haben, zu leben. Ob wir nun weiter mit dem selben Erfolg voranschreiten, ob wir es schaffen, die Probleme der Menschheit zu lösen, oder ob wir uns selbst vom Antlitz dieses Planeten wischen, läßt sich nur mutmaßen. Die Möglichkeiten der Zukunft sind zahllos: vom Holocaust bis Utopia, mit allen denkbaren und undenkbaren Schattierungen dazwischen.

Doch wie wahr auch sein mag, daß wir alle darauf Einfluß nehmen können, was das Morgen uns bringen wird, so besteht doch ein deutlicher Unterschied zwischen der Kenntnis der Theorie und der Praxis eines Lebens in einer sich immer rascher ändernden Umgebung. Der nächste Schritt vorwärts kann schon in die Vergessenheit führen. Es ist also leicht nachvollziehbar, warum sich immer mehr Menschen so fühlen, als hätten sie keinerlei Kontrolle über ihr Leben. Es gibt ein starkes Bedürfnis nach einer Rückkehr zu der eher natürlichen Ordnung der Dinge.

Wir haben schon lange nicht mehr die selben Ängste wie unsere Vorfahren. Der Fortschritt hat viel von der Mystik beseitigt, die einst im natürlichen Kreislauf des Lebens verborgen schien. Medizinische Entwicklungen haben unseren Gang von der Geburt bis zum Tod radikal verändert. Traditionelle Heilmittel, von Generation zu Generation weitergegeben, gelten plötzlich als veraltet. Doch auch die moderne Medizin kennt nicht alle Antworten. Es gibt noch immer unheilbare Krankheiten; wer das Unglück erfährt, an ihnen zu erkranken, sieht sein Leid durch eine Mauer des Schweigens noch weiter erhöht. Die Not dieser Menschen erweckt die unangenehme Erinnerung an unsere eigene Sterblichkeit. Weder die Geborgenheit der Großfamilie noch der Gemeinschaftsgeist, der unsere Vorfahren im täglichen Kampf ums Überleben zusammenschweißte, kann dem heutigen Menschen Zuflucht bieten. Bisweilen stellt die alternative Medizin den einzigen Ausweg für chronisch Kranke dar, oft genug stecken die Wurzeln dieser Methoden in dem, was wir als Folklore bezeichnen würden. Doch nicht nur bei solchen Erkrankungen wird nach einem anderen Ausweg gesucht. Maschinen können weder alle unsere Bedürfnisse erfüllen, noch können sie alle unsere Probleme lösen. Es ist also mehr als verständlich, wenn die furiose Geschwindigkeit der technologischen Durchbrüche von einem steigenden Interesse an einem eher ganzheitlichen Zugang zum Leben begleitet wird. Wenn man sich nämlich zu intensiv mit der Zukunft und dem, was technologischer Fortschritt für uns bedeuten kann, beschäftigt, kann es natürlich leicht geschehen, daß man das Thema nur noch mit eingeengtem Blickwinkel, wie aus einem Tunnel, betrachten kann. Vielleicht haben wir uns selbst isoliert, gefangen von unseren eigenen Erfindungen, und haben dadurch den Gleichklang mit der Natur verloren. Vielleicht sind wir durch unsere vermeintliche Bildung zu zynisch geworden, um das anzuerkennen, was unsere Vorväter noch wußten. Sie sind mit ihrer Umwelt auf eine Weise umgegangen, die wir heute gern als Folklore bezeichnen – damit stellen wir sie in eine Ecke mit Mythen, Legenden und Sagen. Da das Verständnis für die Natur in all ihrer Vielgestaltigkeit den Unterschied zwischen Leben und Tod bedeuten konnte, ist es kaum überraschend, daß unsere Ahnen Naturphänomene mit magischen Qualitäten belegten. Der Glaube an Dinge wie Elemente oder Naturgeister geht auf Zeiten zurück, die lange vor unseren bestehenden Religionslehren begannen.

Um einen Schritt weiter zu gehen, kann man sogar behaupten, wir haben uns nicht nur von unserem wahren Verhältnis zur Natur entfernt, sondern wir haben sogar verlernt, ihre Signale zu empfangen – so wie eine Person, die ihren Gaumen mit zuviel Alkohol, Nikotin und scharfen Gewürzen überlädt, nicht mehr auf zartere, feinere Geschmacksrichtungen anspricht. Möglicherweise sind wir heute für Dinge blind, die wir einst sehen konnten. Lange bevor Kunst und Literatur unser heutiges Konzept eines Märchenlandes entwarfen, gab es Überlieferungen von einer anderen Welt, die von magischen Wesen bewohnt war, welche sich manchmal in die Belange der Menschen einmischten. Kleine Kinder verfügen nicht selten über einen unsichtbaren Kameraden. Viele nachsichtige Eltern wurden schon gezwungen, einen Platz im Bus freizuhalten oder ähnliche Zugeständnisse für die Bequemlichkeit dieses unsichtbaren Freundes zu machen. Von solchen Kindern sagt man meist, sie hätten eine besonders lebhafte Phantasie – doch könnte das alles nicht auch ein Ausdruck des sechsten Sinnes sein? Unsere Sinne sind wie Empfänger, die auf die Realität eingestellt sind. Es ist also denkbar, daß Kinder die Signale der Bewohner aus anderen Welten oder Dimensionen „hereinbekommen“ können, weil ihre Empfänger noch nicht so fein abgestimmt und eingestellt sind. Sie lösen sich dann von diesen Signalen, wenn sie älter und zynischer werden. Das zukünftige Potential dieses Phänomens ist aber noch nicht verloren. Wissenschaftler in der ganzen Welt beschäftigen sich mit der Erforschung der Psyche. Ironischerweise nehmen sie ihre Untersuchungen mit jenen Gerätschaften vor, die uns die Technologie beschert hat. Die geistige Vorstellungskraft hat auf diese Weise eigentlich den Kreis geschlossen.

Vorstellungskraft wirkt allerdings nicht ausschließlich als Katalysator für die Zukunft. Die gleichen Fähigkeiten, die unsere bestehende Realität geschaffen haben, erlauben uns auch, vor ihr zu fliehen. Die Fähigkeit des Phantasierens scheint eine der fundamentalsten Notwendigkeiten des menschlichen Daseins zu sein. Träume befreien uns von der Zwangsjacke unserer alltäglichen Existenz. Ein „bodenständiger“ Bankdirektor, der sich den ganzen Tag über hinter seinem Schreibtisch mit Krediten oder Investment-Programmen beschäftigen muß, kann seine Nächte fliegend verbringen – und das ohne die Hilfe der zivilen Luftfahrt. Traumdeutungen und -interpretationen sind zu einem enormen Forschungsgebiet angewachsen. Von den fröhlichen Flügen der Phantasie zu scheußlichen Alpträumen – Träume spiegeln jede noch so verborgene Nische der menschlichen Psyche und ermuntern uns zu neuen Aussichten.

Vorstellungskraft und Phantasie sind untrennbar miteinander verknüpft. Sie sind die Parameter der ewigen Frage, *was wäre wenn ...?*, die in phantastische Erzählungen und Fantasy-Kunst eingehen. Hier können wir gefahrlos die Zügel unserer Vorstellungskraft schleifen lassen.

Dieses Buch ist eine Sammlung von Bildern und anderen Werken, die in diesem Zusammenhang stehen – sie spiegeln sowohl die helle wie auch die dunkle Seite der kreativen Kräfte wider.

ÜBER DEN KÜNSTLER

„*The Science Fiction and Fantasy World of Tim White*" (Erstveröffentlichung 1981 durch New English Library und wiederaufgelegt von Dragon's World/Paper Tiger im Frühjahr 1988) war der erste Band, in dem eine Sammlung seiner Arbeiten vorgestellt wurde. Er enthielt mehr als 100 Farbbilder aus der Zeit vor 1980.

„*Science Fiction und Fantasy*" stellt die folgenden Jahre dar. Es enthält 105 farbige Arbeiten, die nie zuvor in gebundener Form erschienen sind. Bei der großen Mehrheit dieser Bilder handelt es sich um Auftragsarbeiten zur Illustration von Buchumschlägen. Man kann wohl sagen, daß diese Art von Aufträgen einem zeitgenössischen Künstler mehr kreative Freiheit bietet als jede andere Form, besonders im Bereich von Science Fiction und Fantasy.

Tims Arbeit hat sich nicht fundamental verändert. Er ist immer bemüht, innerhalb des Fantasy-Themas Realismus zu erreichen. Der Eindruck des kompletten Werkes ist dabei das wichtigste Kriterium. Zu seinem Bedauern ist er nicht immer in der Lage, ein Bild zu einer für ihn befriedigenden Lösung zu bringen. Jedes Bild benötigt einen unterschiedlichen Aufwand an Zeit, das hängt vom Thema, aber auch von zahlreichen anderen Faktoren ab.

Veröffentlichungstermine oder entsprechende andere Entscheidungen lassen diesen Zeitaufwand nicht jedesmal zu. Der Grad der Fertigstellung ist zu einem solchen Termin nicht immer der von ihm angestrebte, was White schon oft frustrierte.

Die einzige wirkliche Variation seines Stils in dieser neuen Sammlung ist ein kurzer Abstecher in die Dekalkomanie.

Es handelt sich dabei um eine Technik, für die der Surrealist Oscar Dominguez als Pionier gilt. Der Prozeß beinhaltet das Pressen einer flachen Oberfläche gegen feuchte Farbe, wodurch ein marmorartiger Effekt erreicht wird. Am schönsten läßt sich diese Technik natürlich dort einsetzen, wo die erreichte Struktur ein Abbild der Natur liefert, z. B. bei Felsformationen. Dennoch hat auch diese Technik ihre Grenzen. Die zufälligen Effekte, die das Ganze so attraktiv machen, sind nicht einfach zu kontrollieren. Eine solche Unberechenbarkeit ist logischerweise nicht gerade praktisch. Es gibt außerdem das Problem, daß die Struktur immer wieder gleich aussieht, was nicht sehr vorteilhaft ist, wenn man sich um eine Vielgestaltigkeit der außerirdischen Lebensräume bemüht.

Die Idee der Benutzung von fotografischen Techniken in der Fantasy-Illustration war noch recht neu, als Tim 1977 „*The Dark Side of the Sun*" malte. Er hat das Prinzip auch bei zahlreichen anderen Bildern verwendet. Man erreicht eine besondere Tiefe der Bilder und kann auch Effekte wie das „Verwischen" von Figuren verwenden, wodurch ein Gefühl der Bewegung vermittelt werden kann. Ungewöhnliche visuelle Effekte sind ohnehin eine von Tims besonderen Leidenschaften.

Seine gegenwärtige Begeisterung gilt allerdings den Möglichkeiten, die Farben bieten. Nach seiner Meinung besitzen alle modernen Farben besondere Vorteile. Öl, Acryl, Gouache und Wasserfarben – alle benutzen die selben Pigmente, bei Reproduktionen sollten also keinerlei Unterschiede auftreten. Es geht eigentlich nur um das Medium, das als Träger des Pigmentes ausgesucht wird. Man kann sich daher den persönlichen Favoriten auswählen, bei Tim waren und sind es Gouachefarben. Doch die Tage, wo er einfach nur nach einer Tube leuchtender Farbe gegriffen hat, sind lange vorbei.

Ausstellungen haben ihn gelehrt, daß selbst leuchtende Farben im Licht erschreckend ausbleichen können, besonders wenn sie starkem Sonnenlicht ausgesetzt werden. Da die meisten der üblichen Pigmente flüchtig sind, experimentiert er nun daran, die gleiche Farbkraft mit permanenten Pigmenten zu erzielen. Permanente Pigmente ergeben allerdings ein deutlich matteres Farbbild, doch durch seine Forschung hat er schon viel über Farben und ihren Auftragungsmodus entdeckt.

Ein anderes Interessengebiet, das sich während dieser Periode entwickelt hat, ist die Goldschmiedekunst. Es begann mit der Idee, eine Brosche nach einer seiner Fantasy-Kreationen anzufertigen. Er dachte, daß ein „fliegender Dämon" (s. Seite 122, wie in dem Bild „*The Jesus Incident*" [1979] dargestellt) ein besonders eindrucksvolles Schmuckstück ergeben müßte. Er machte sich daran, die praktischen Probleme der Goldschmiedekunst zu untersuchen, von denen er bislang keinerlei Ahnung gehabt hatte. Er arbeitete sich so sehr in die Materie ein, daß er sich als Juwelier registrieren lassen konnte und Erzproben untersuchen durfte. Jedes seiner selbst angefertigten Schmuckstücke trägt den eigenen Firmenstempel. Das Resultat – eine Kollektion von Schmuckstücken in 18karätigem Gold – ist ebenfalls in diesem Buch zu bewundern. Gegenwärtig hat Tim seine Schmuckproduktion allerdings eingestellt. Dafür gibt es zwei Gründe: Mit Gold zu arbeiten ist erstens verständlicherweise ein sehr teures Vergnügen, zweitens fehlt ihm einfach die nötige Zeit, um sich dieser Kunstform gebührend zu widmen. Wenn man einige der Bilder betrachtet, die er während dieser Periode gemalt hat, und wenn man seinen detailverliebten Zeichenstil einrechnet, der nur langsam vorankommt und sehr viel Fleiß benötigt, dann wird klar, daß nur sehr wenig Zeit für andere Dinge übrigbleiben kann. Dennoch hat er vor, sich irgendwann in der Zukunft wieder mit der Herstellung von Schmuck zu beschäftigen.

Dem Betrachter eines fertigen Bildes entgeht oft der große Aufwand an Arbeit, die geleistet werden muß, noch bevor der erste Pinsel überhaupt in die Hand genommen werden kann. Die Formulierung einer Idee kann einen gewaltigen Teil der für einen Auftrag zugewiesenen Zeit verschlingen. Es ist also sicher interessant, einen Blick auf einige dieser Ideen im Skizzenstadium zu werfen.

1

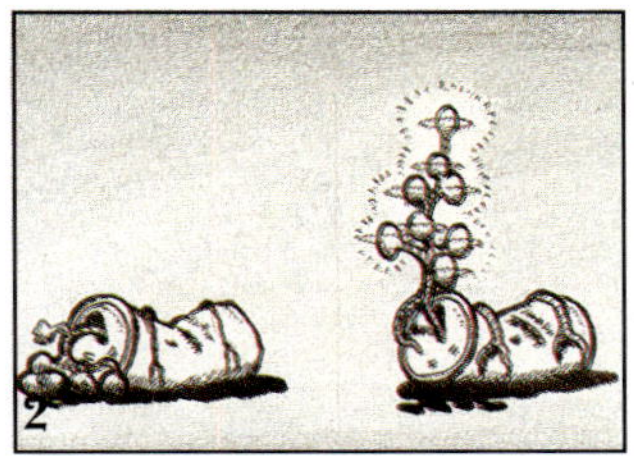
2

3

4

5

6

7

8

Im folgenden werden einige Bildbeispiele gezeigt, die Tim an den Verleger schickte, bevor er mit der Arbeit am eigentlichen Bild begann.

1. Eine alternative Idee für William Gibsons *„Neuromancer“* (s. Seite 33). Der Thriller spielt in einer computerüberwachten Welt in der nahen Zukunft. Bei der Dame auf diesem Bild handelt es sich um eine heimtückische Mörderin, man beachte die tödliche Spur ihrer Fingernägel.

2–7. Es handelt sich hierbei um eine Serie von Konzepten (in Originalgröße reproduziert) für *„The Krugg Syndrome“* (s. Seite 64–65). Dieses erste Buch von Angus McAllister ist für Science Fiction recht ungewöhnlich – es ist höchst amüsant. Ein Beispiel vom Rückumschlag: „Eines Tages erwachte Arthur Montrose, 18, von einem Ohnmachtsanfall und stellte fest, daß er zur Vorhut der Invasionsarmee von Krugg gehörte. Bei den Kruggs handelte es sich um eine besondere Rasse außerirdischer Bäume, deren Aufgabe es war, die schwächliche menschliche Kultur zu zerstören und den miserablen Planeten zu ihrem eigenen Nutzen zu unterwerfen. Als Arthur gegen den lähmenden Verlust seiner telepathischen Kräfte ankämpfte und versuchte, den mächtigen Intellekt der Kruggs auf die Angelegenheiten der Kanzlei Salamander und Smail anzuwenden, erlitt seine Mission den ersten Rückschlag. Er konnte keinerlei Kontakt zu seinen Kameraden von Krugg herstellen – schlimm, denn die Bäume hier waren noch dümmer als die Menschen.“

Die Idee mit den zerdrückten Bierdosen sollte das Ableben der Kruggs symbolisieren. Um das Buch durch den Umschlag leichter als Science-Fiction-Roman erkennbar zu machen, entschieden sich die Herausgeber letztendlich aber für Bäume in einer außerirdischen Landschaft.

8. Dieses eiförmige Vehikel hatte sich Tim schon lange ausgedacht, bevor er es dann als Raumschiff in *„The Ceres Solution“* (s. Seite 71) verwendete.

1

2

3

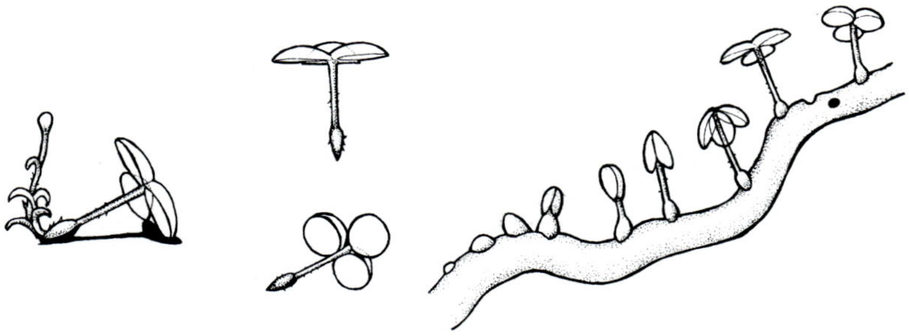

4

5

6

7

1–3. Dieses sind die Originalskizzen für Isaak Asimovs *„Foundation Trilogy"* (s. Seite 34–39). Hier brauchte der Klient neue Umschläge für eine Serie von Büchern, die sich über einige Jahre recht gut verkauft hatten. Es sollten allerdings nicht nur neue Umschläge entworfen werden, sie sollten auch alle in einer gewissen Verbindung zueinander stehen. Bei den Originalumschlägen wurde ein Bild in drei Teile zerschnitten, hier zeigen alle drei Umschläge die selbe Landschaft, allerdings in verschiedenen Zeitaltern.

1. *„Foundation"* (Band 1): Ein Sonnenaufgang über den Bergen mit einer kleinen futuristischen Stadt in der Ferne. Im Vordergrund keimt ein Same aus (s. auch Detailzeichnung).

2. *„Foundation and Empire"* (Band 2): Die Landschaft wird in strahlendem Tageslicht dargestellt. Die Stadt hat sich ausgedehnt und erstreckt sich bis zum Horizont. Sie wirkt wie eine blühende Metropole, Raumschiffe schwirren über sie hinweg. Der Same ist zu einem Baum herangewachsen, der die selben Samen in verschiedenen Entwicklungsstadien auf sich trägt (s. Detailskizze). Auch andere kleine Pflanzen haben begonnen zu wachsen.

3. *„Second Foundation"* (Band 3): Dieses Mal herrscht Nacht, doch die Szene wird durch den massiven Angriff von fliegenden Untertassen auf die Stadt erleuchtet. Der Boden im Vordergrund ist von der großen Hitze aufgeplatzt, vom Baum blieb nur noch ein verkohlter Stumpf.

In diesem Konzept sollten Geburt, Heranreifen und Tod eines Imperiums auf dem selben Schauplatz symbolisiert werden.

4. Eine andere Idee für die Stadt in *„Foundation's Edge"* (s. Seite 43, 45), diesen Auftrag erhielt Tim noch vor der *„Foundation Trilogy"*. Da der Band aber eine Fortsetzung der ersten drei Romane darstellt, wollte Tim eine wenn auch noch so zarte Verbindung herstellen und fügte dem fertigen Bild noch die Löwenzahn-artigen Samen hinzu. Unglücklicherweise war der Buchumschlag allerdings schon in Produktion gegangen.

5–7. Drei alternative Ideen für *„Lord of Light"* (hier in Originalgröße wiedergegeben). Wie man im fertigen Bild sehen kann (s. Seite 61), entschieden sich die Herausgeber – Avon Books in New York – für eine Kombination der Elemente aus allen drei Entwürfen.

2019

Es ist kaum wahrscheinlich, daß man akkurate Vorhersagen über die Maschinen der Zukunft treffen kann – zu viele Faktoren könnten die Entwicklung beeinflussen. Je näher diese Zukunft jedoch liegt, desto zutreffender können diese Vermutungen ausfallen.

Zu Beginn des nächsten Jahrhunderts machen die Notwendigkeiten einer wachsenden Bevölkerung größere, aerodynamischere und funktionellere Transportmittel sehr wahrscheinlich, ihr Design wird vorwiegend nach Gesichtspunkten der Effizienz gestaltet sein.

MACROSCOPE

STAR HAMMER

THE PEACE MACHINE

ELECTRIC FOREST

RODERICK AT RANDOM

Die fortschreitende Entwicklung – „Evolution" – von Robotern erzeugt Zukunftsperspektiven für künstliche Intelligenzen, die nicht immer nur angenehm ausfallen müssen.

ALIEN ACCOUNTS

GEEZENSTACKS

SPLIT INFINITY

Als Gipfelpunkt technischer Leistungen muß man sicherlich den Androiden sehen: Er kann nicht nur dem Zahn der Zeit widerstehen, er ist auch intelligenter, kräftiger, kurz, er ist dem Menschen in beinahe allen Bereichen überlegen. Obwohl dieser Gedanke jetzt noch aus dem Reich der Science Fiction kommt – die Frage heißt nicht „falls“, sondern eher „wann“. Diese Vorstellung birgt auch unheilvolle Aspekte. Was ist die Konsequenz, wenn der Mensch versucht, Gott zu spielen? Sind unsere Tage gezählt? Hat der *Homo sapiens* dann seinen eigenen Nachfolger geschaffen?

Städte sind auch ein Spiegelbild ihrer Bewohner. Vergangenheit, Gegenwart und Zukunft können in einer einzigen Stadt vereint sein.

FOUNDATION

Eine Stadt in voller Blüte. Aufsteigende Raumschiffe und eine himmelwärts weisende Skyline sprechen für florierenden Handel und eine technisch hochstehende Kultur.

FOUNDATION AND EMPIRE

SECOND FOUNDATION

Eine vom Krieg heimgesuchte Stadt. Auf dem verkohlten Gerippe des Baumes steht ein einzelner Same – ein Symbol der Hoffnung, daß aus den Ruinen der alten eine neue Stadt erwachsen möge.

PALACE OF ETERNITY

THIRD MILLENIUM

VIRGIN CITY

1

2

3

4

5

6

7

1. Der erste Entwurf für *„The Lives and Times of Jerry Corneleus"*.

2. Dies war Tims ursprüngliche Idee für *„A Better Mantrap"* (s. Seite 14), eine Sammlung von Kurzgeschichten von Bob Shaw. Obwohl es sich genau auf eine der Geschichten im Buch bezog, hielten es die Herausgeber für etwas zu absonderlich, um die gewünschte Zielgruppe ansprechen zu können.

3. Tims erster Entwurf für *„Huysman's Pets"* (s. Seite 8). Es war das zweite Buch von Kate Wilhelm, für das er einen Auftrag von Arrow Books bekommen hatte. Für das erste, *„Welcome Chaos"* (s. Seite 6), hatte er eine sehr symbolische Ausdrucksform gewählt, das zweite Cover sollte einen entsprechenden Charakter vermitteln. Das Buch handelt von den Forschungen eines brillanten Wissenschaftlers an übersinnlichen Wahrnehmungen zwischen Zwillingen. Die Skizze zeigt einen Kreis von Kindern, die wie auf einer Geburtstagsfeier „Ringlein, Ringlein, du mußt wandern" spielen – allerdings wird hier die Erde weitergegeben. Es soll vermitteln, daß die Kinder die Zukunft unseres Planeten in den Händen halten.

4–5. Die Originalskizzen für *„The Guns of Avalon"* und *„Courts of Chaos"* (s. Seite 118–119 und 102–103). Es handelt sich hierbei um zwei von insgesamt sechs Bildern, die von Avalon Books in New York für die Serie „Amber" von Roger Zelazny in Auftrag gegeben worden waren. Um sich dem Erscheinungsbild des sechsten Bandes anzupassen, wurden für die vorhergehenden fünf Bände neue Umschläge gestaltet. Die Arbeit konnte ohne Hindernisse fertiggestellt werden.

6. Andere Idee zu *„The Makeshift God"* (s. Seite 77).

7. Für diese zweite Skizze änderte Tim Blickwinkel und Design des Raumschiffes für *„A Better Mantrap"*.

A BETTER MANTRAP

NEUROMANCER

Die Natur findet immer eine Nische – selbst in der hochtechnisierten Stadt der Zukunft.

FOUNDATION'S EDGE

FOUNDATION AND EARTH

PRELUDE TO FOUNDATION

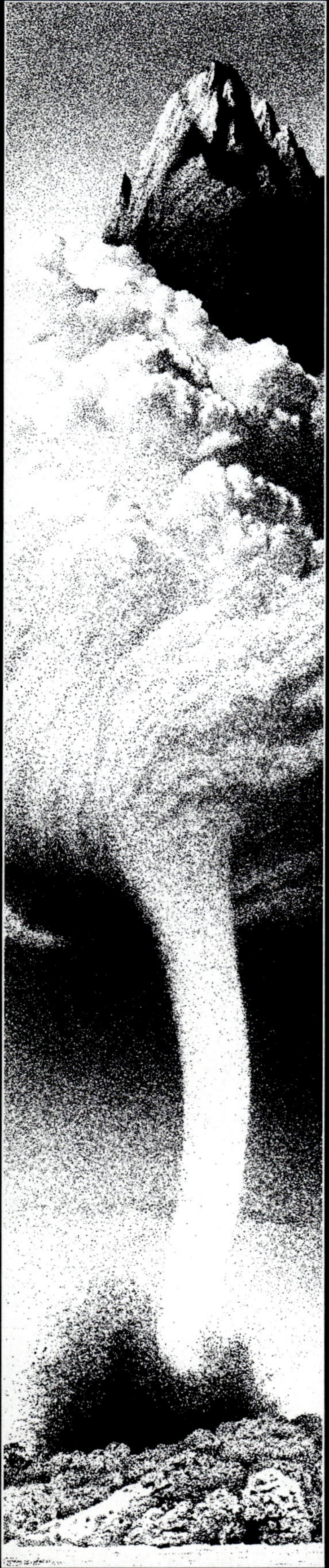

CRYSTAL EMPIRE

DARK UNIVERSE

HELLO AMERICA

Das Szenario einer Welt nach der großen Katastrophe wird in Science-Fiction-Romanen immer wieder heraufbeschworen. Das ist nicht weiter erstaunlich, da die Bedrohung durch einen atomaren Krieg schon zu einem beinahe alltäglichen Bestandteil des modernen Lebens geworden ist.

Die Geschichte lehrt uns, daß auf den Aufstieg einer großen Zivilisation immer der Fall folgte. Es erscheint uns natürlich, auf die Ruinen vergangener Kulturen zu schauen. Doch ein gewohnter Anblick – wie das New Yorker Chrysler Building – so dargestellt, muß einem Schauer über den Rücken jagen.

ENTROPY

GREYBEARD

Stadt der träumenden Turmspitzen? Eine mögliche Zukunft, in der durch Strahlung hervorgerufene Unfruchtbarkeit das Schicksal der Erde besiegelt hat. Während die Bevölkerung nur noch altern kann, verfallen die Städte, die Natur kommt zu ihrem Recht.

MOUCHES

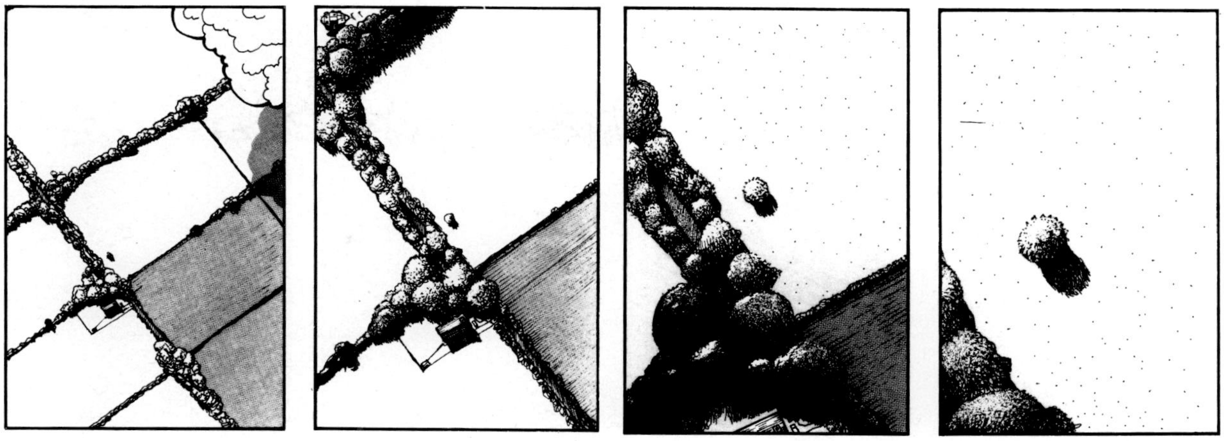

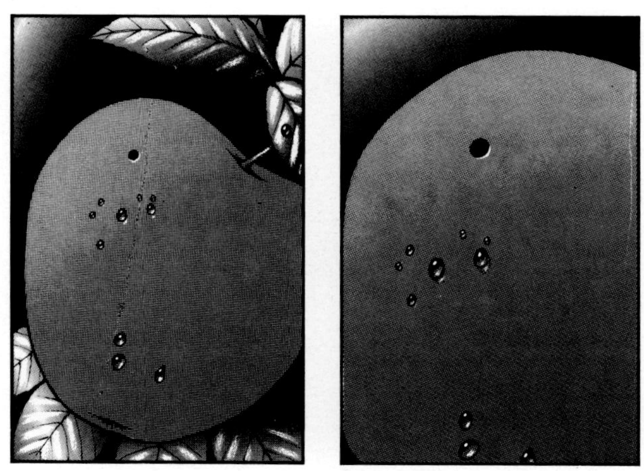

Um sich einmal mit etwas anderem als der Gestaltung von Buchumschlägen zu beschäftigen, hat Tim im Jahr 1982 einige Monate mit der Arbeit an schwarz-weißen Cartoons verbracht. Das Ergebnis wurde im folgenden Jahr in Frankreich unter dem Titel *„Mouches"* von Alexander Mosley Publications veröffentlicht, es gab auch eine deutsche Ausgabe, die von Eichborn unter dem Titel *„Fliegen"* herausgegeben wurde – die Entscheidung fiel nicht zuletzt deswegen positiv aus, weil das Firmenlogo von Eichborn eine Fliege darstellt.

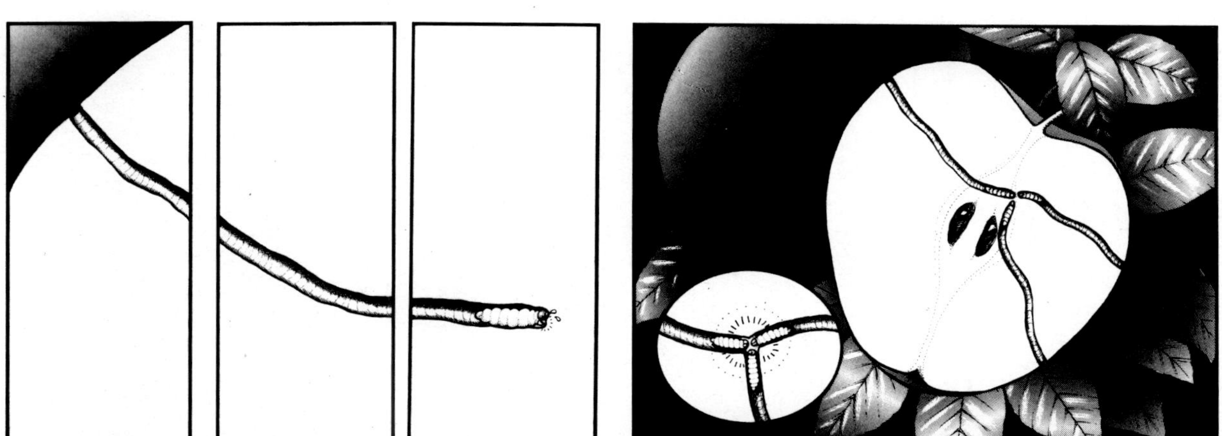

Die Geschichte handelt von drei Fliegen, die – während sie ihren üblichen „Fliegen-Aktivitäten" nachgehen, plötzlich unentwirrbar mit der Auslöschung eines ganzen Planeten (der der Erde nicht unähnlich ist) verbunden sind. Im typischen Stil eines Comics gezeichnet, besitzt die Story viele Facetten und ein absichtlich offen gelassenes Ende. Die einzigen Worte werden im Titel verwendet. Die Ausdruckskraft des Buches scheint also in den eigenen Interpretationen der Leser zu liegen.

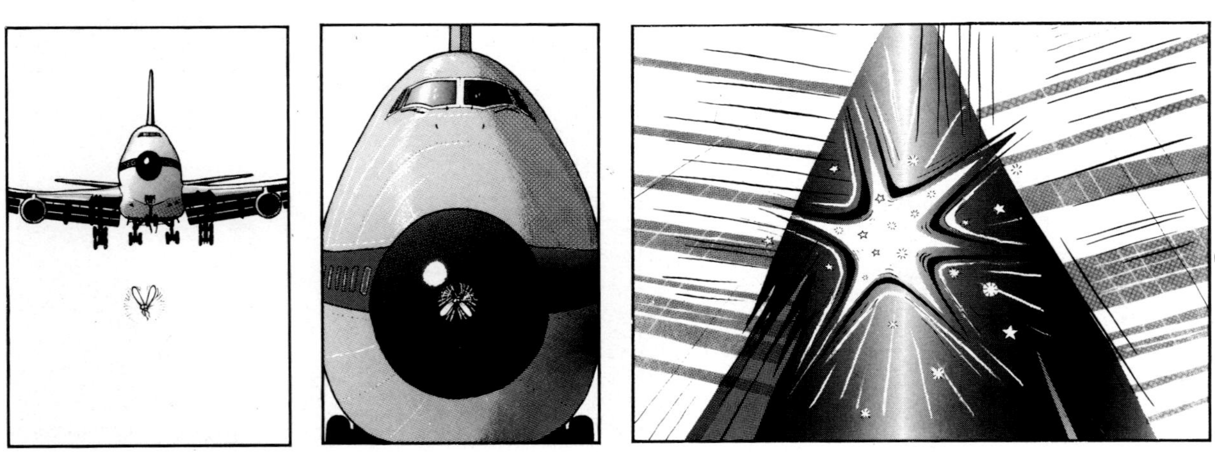

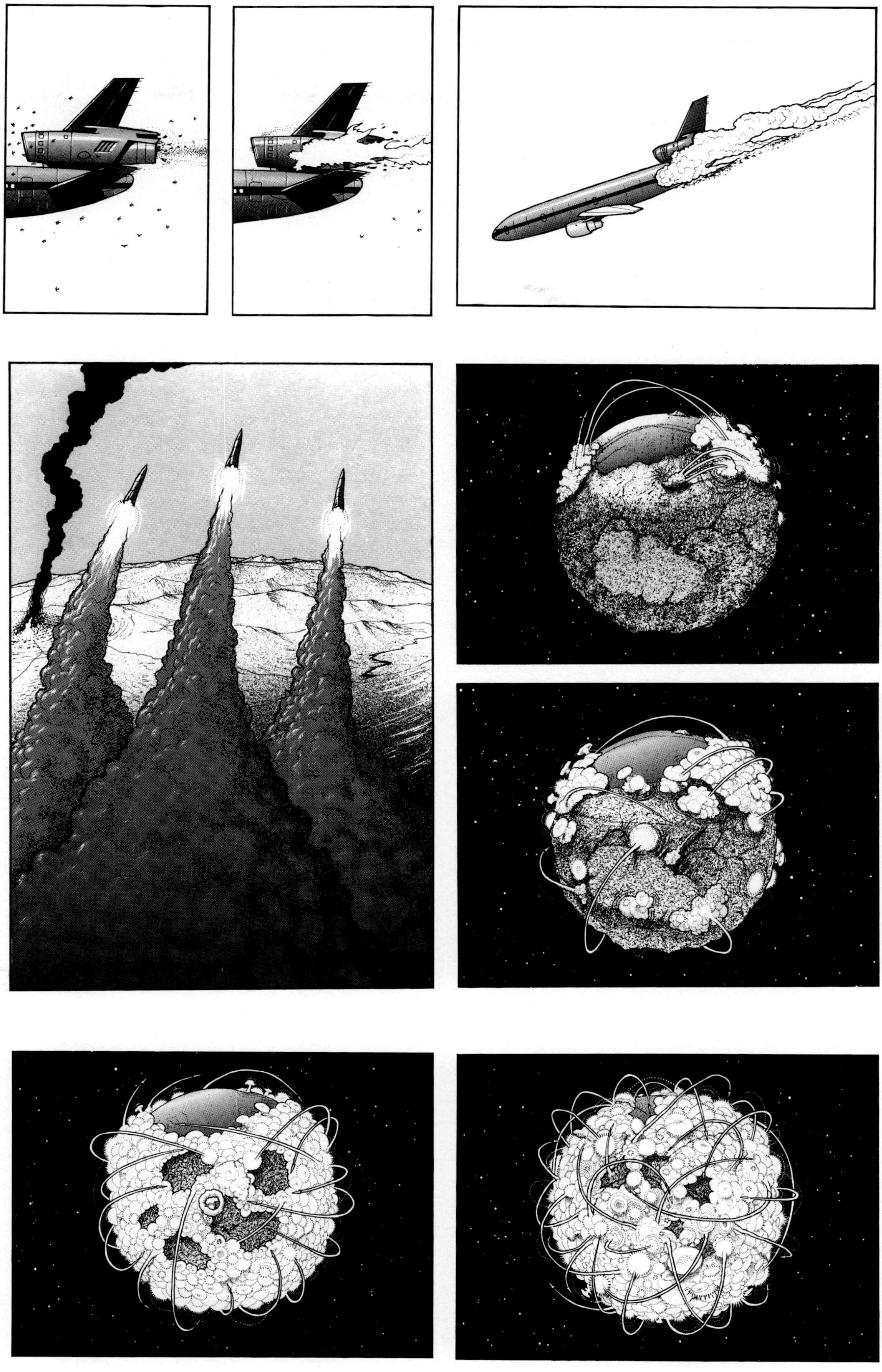

DREAMSCAPE

Bis vor gar nicht so langer Zeit gab es auf der Erde noch unberührte, unentdeckte Natur. Aufgrund der lückenhaften Informationen wurden diese abgelegenen Orte mit einer Aura von Romantik und Abenteuer umgeben. Doch heutzutage bringt sie uns das Fernsehen mitten ins Wohnzimmer. Für die Phantasie bleiben dadurch kaum noch Freiräume. Der Wilde Westen existiert schon lange nicht mehr und auch der undruchdringlichste Dschungel – Inspiration für Tarzan und viele andere Abenteuergeschichten – wird immer zugänglicher und hat so viel von seinem früheren Zauber verloren. In diesem Zusammenhang wird der Anklang, den Science Fiction bei den Lesern findet, nur zu verständlich. Der Weltraum stellt die letzte Grenze zur „Wildnis" dar. Wir sind Lichtjahre vom nächsten (bewohnten) Planeten entfernt, sowohl in bezug auf die Entfernung als auch auf die technischen Notwendigkeiten, die erfüllt werden müßten, um uns dorthin zu bringen. Im Moment kann also nur die Vorstellungskraft diese Distanz überwinden. Wir blicken in den Sternenhimmel und bemerken, daß jeder dieser Lichtpunkte eine Sonne wie unsere eigene ist. Jede wird von Planeten umkreist, unzählige außerirdische Landschaften warten auf ihre Entdeckung. Man wird unweigerlich von einer Form von Ehrfurcht und Faszination erfaßt, wie sie zu früheren Zeiten von den unerforschten, mysteriösen Regionen unserer Erde ausgegangen sein muß.

Das Titelbild für *„Anthonology"* (Seite 51) zeigt eines der grundlegenden Themen des Genres Science Fiction. Mitglieder der Crew eines Raumschiffes bahnen ihren Weg durch Flora und Fauna eines fremden Planeten, ungewiß über die Gefahren, die ihnen auf ihrem Pfad begegnen werden. Es ist ein Echo des selben Pioniergeistes, mit dem frühere Helden nach unbekannten Stämmen oder verborgenen Schätzen forschten. Neben den Mechanismen des reinen Überlebens scheint die Suche nach neuen Herausforderungen, nach neuen Horizonten eine der größten Antriebsfedern der Menschheit zu sein.

ANTHONOLOGY

WIZARD

AN ALIEN LIGHT

THE BARBIE MURDERS

ORBITSVILLE DEPARTURE

ORBITSVILLE

Eine künstliche Welt, gegründet von Außerirdischen und kolonisiert von Menschen. Orbitsville ist eine sphärische Struktur von immensen Proportionen. Die Bevölkerung lebt auf der Innenwand, die aus einem Material von unglaublicher Stärke konstruiert wurde. Die Dicke einer Eischale kann gewaltige Landschaften aus Hügeln, Wäldern und Städten tragen. „Seen" aus Sternen sind in Wahrheit Öffnungen in der Struktur. Die Menschen können Reisen zu den Seeufern unternehmen, sie wissen, daß sie – geschützt durch ein Netzwerk von Kraftfeldern – nicht in den Weltraum gezogen werden können.

NEW ARRIVALS/OLD ENCOUNTERS

LORD OF LIGHT

DINOSAUR PLANET

NORTHERN GIRL

THE KRUGG SYNDROME

TIME ENOUGH FOR LOVE

Das Pressen feuchter Farben auf eine glatte Fläche (Dekalkomanie, s. Seite 10) wurde in mehr oder weniger großem Ausmaß bei allen dieser vier Bilder angewendet. Mit dem Pinsel ließe sich diese selbe, zufällig wirkende Struktur niemals erreichen. Obwohl sehr schöne Effekte das Ergebnis dieser Technik sein können, ist doch immer ein gewisses Risiko beinhaltet. Aus diesem Grund wurden die betreffenden Areale des Bildes zuerst gestaltet, so daß man das Bild bei einem enttäuschenden Resultat verwerfen kann, ohne die Arbeit von vielen Stunden zu zerstören.

THE LEFT HAND OF DARKNESS

CIRCUS WORLD

GETA

THE BLACK SHIP

CERES SOLUTION

PRIESTS OF PSI

Der Glaube an außerirdische Lebewesen stellt so etwas wie ein soziales Tabu dar. Doch wenn man das Verhältnis unserer Erde zum Rest des Universums realistisch betrachtet – sie ist wenig mehr als ein Sandkörnchen in den Weiten einer gigantischen Wüste – so muß man eine Wahrscheinlichkeit anerkennen, daß auch „irgendwo da draußen" in den Galaxien intelligentes Leben entstanden sein könnte.

BEYOND THE BLUE EVENT HORIZON

MANIFEST DESTINY

WAR FOR ETERNITY

HEECHEE RENDEZVOUS

GATEWAY

IN THE OCEAN OF THE NIGHT

MAKESHIFT GOD

Der Auftrag für das Titelbild zu Clive Barkers epischem Abenteuerroman *„Weaveworld“* wurde zu einem Unternehmen von entsprechend epischen Ausmaßen. Alles begann mit einem Telefonanruf aus heiterem Himmel. Collins wollte sich danach erkundigen, ob Tim daran interessiert wäre, einige Rohentwürfe für das Buch herzustellen. Die Sache war insofern ungewöhnlich, als Tim nur einer von mehreren Illustratoren war, die um die Erstellung eines Konzeptes gebeten worden waren – ein im Verlagswesen unübliches Verfahren, doch es war so zwischen Autor und Herausgeber abgesprochen worden.

Im Mittelpunkt des Buches steht ein Teppich, und zwar ein in jeder Hinsicht magischer Teppich. Er existiert sowohl als realer Teppich als auch als eine Welt, in der die Charaktere des Buches leben. Die Idee, den Teppich als Einfassung des Buches zu verwenden, wurde gut aufgenommen. Ursprünglich sollte es ein einfach gemusterter Teppich werden (wie in der Geschichte beschrieben), doch dann entwickelte sich der Gedanke, die Teppicheinfassung mit Ereignissen aus der Erzählung zu versehen. Collins bat Tim, eine Ecke des Teppichs als gut ausgefeilte Skizze anzufertigen, damit man kontrollieren könnte, wie diese Idee wirkt (s. Seite 80). Die endgültige Darstellung zeigte dann 32 Verzierungen, jede verarbeitete Elemente der Geschichte.

In *„Weaveworld“* wird der Teppich von „Komma“-förmigen Strukturen eingefaßt. Sie sollen die Kreaturen symbolisieren, deren Aufgabe die Verteidigung des Teppichs ist. Tim entwickelte diesen Gedanken zu einer Serie von „Monstern“ weiter, die um den Rand des Teppichs kriechen. Seiner Kreativität boten sich dadurch großartige Möglichkeiten. Er schuf über 100 verschiedene Kreaturen, unter anderem Viren, Bakterien, Parasiten, andere wiedererkennbare Organismen und einige verrückte Neugestaltungen.

Die gegenüberliegende Seite zeigt die Entwurfserie, die er zusammen mit seinen Kommentaren an den Art-Direktor übermittelte.

1. Uriel sucht im Körper von Hobart nach dem Propheten. Die Schneelandschaft wird durch das ihn umgebende Glühen erleuchtet.

2. Wie Nummer 1., mehr Farbeffekte und Sternenhimmel.

3. Teppichkäufer sehen entsetzt, wie sich ein farbiger Wirbelwind erhebt, ihre Gesichter leuchten in der Glut. 5. ist eine Variation dieses Themas.

4. Immacolata und ihre dämonische Geisterschwester. Glänzende Strähnen bilden im Vordergrund ein dichtes Netz. Nachthimmel mit Mond und Sternen, ein Haus mit erleuchtetem Fenster.

5. Variation von 3.

6. Nahansicht der Teppichkante, die sich in Berge und Landschaften umwandelt. In der Mitte zieht ein farbenprächtiger Sturm auf.

7. Nahansicht von Hobarts Körper, nachdem er von Uriel übernommen worden ist. Flammen schießen aus seinem Mund. An einigen Stellen scheint das Licht aus seinem Inneren hervor.

8. Ein scheuer Blye Blow huscht in den Schatten zurück. Hand im Vordergrund und riesige Blutlachen.

9. Teppich als Umrahmung, eventuell nicht so breit wie hier, in komplementären Farben. Sie können leuchtend oder gedeckt sein, solange sie nur auffallen. Funktioniert gut mit Nummer 1. Ich könnte je eine Darstellung für Vorder- und Rückseite machen, aber auch nur Teppichdekor für die Rückseite verwenden.

10. Shadwells Jacke. Helle Farben. Vielleicht eine Traumszene mit Bergen und einem Mädchen auf dem Jackenfutter.

Das Insert der Titelseite zeigt Uriel. Er hat einen menschlichen Körper übernommen, der die enorme Energie dieses Wesens kaum halten kann. Er ist von einer ursprünglichen Kraft beseelt, eine Art wilder Racheengel, der in blinder Wut nach seinen Opfern sucht.

Das Insert der Rückseite (s. Seite 83) zeigt den „Gyre" ein gewaltiges, veränderbares Sturmsystem, das das Nervenzentrum des Teppichs lahmlegt.

Ursprünglich hatten die Verleger vor, den gesamten Text mit Schwarzweiß-Zeichnungen zu versehen. Die Illustration des Bye Blow wurde dazu als Stilbeispiel angefertigt. Doch der Terminplan war so eng ausgelegt, daß keine Zeit mehr dafür blieb.

Tim entwarf die erleuchteten Buchstaben, um das Wesen des „Gyre" wiederzugeben. Ursprünglich hatten die Herausgeber um eine erleuchtete Letter für den Beginn jedes Hauptabschnittes gebeten. Tim hatte dieses Ansinnen mißverstanden und produzierte eine Letter für jedes Kapitel, bei 104 Kapiteln konnte er praktisch das gesamte Alphabet bearbeiten. Um die Hauptabschnitte einzurahmen, wurden zwei Einfassungen benutzt, die auch zum restlichen Design paßten.

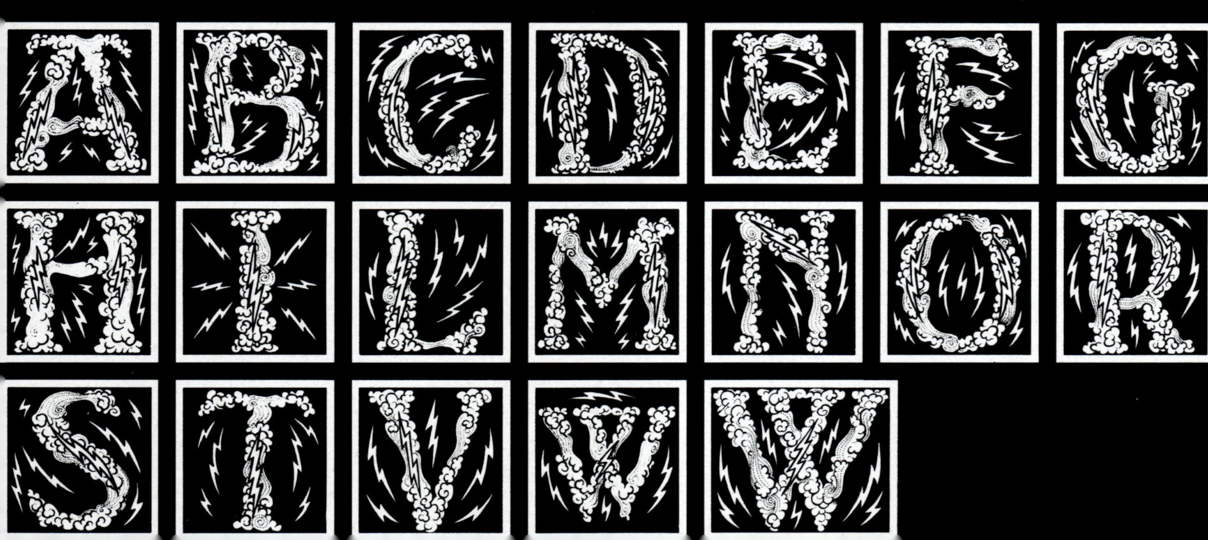

Im Verlauf der Geschichte offenbart der Teppich seine magischen Fähigkeiten. Er kann zum Leben erweckt werden, aber auch seine ursprüngliche Daseinsform behalten und er ist höchst beweglich. Um dies in einem statischen Design darstellen zu können, benutzte Tim Komplementärfarben, wodurch ein schimmernder Effekt erreicht wird. Diese optische Illusion wird durch die Tatsache ermöglicht, daß jede der beiden komplementären Farben, wenn sie Seite an Seite betrachtet werden können, das gesamte weiße Licht absorbiert, das von der anderen Farbe reflektiert wurde. Damit dieser Effekt funktionieren kann, ist es wichtig, daß beide Farben die selbe Tönung besitzen. Es ist interessant anzumerken, daß im Bereich des kommerziellen Teppichdesigns kleine Einsäumungen verwendet werden, um Farben voneinander zu trennen und dadurch den irritierenden „flirrenden“ Eindruck zu vermeiden – doch genau diesen Effekt wollte Tim erzeugen. Er nutzte zusätzliche kleine Elemente des Musters, um diesen „bewegten“ Eindruck zu verstärken. Um den Verkauf des Buches in Gang zu bringen, entschloß sich Collins, den Teppich knüpfen zu lassen. Der Auftrag ging an das Royal College of Art Tapestry Studio.

Der fertige Teppich mißt 205 × 140 cm und besteht hauptsächlich aus handgefärbter Wolle. Die Arbeit wurde unter fünf Studentinnen aufgeteilt, die den Teppich während der Ferien knüpften.

DESTROYERS OF LAN-KERN

KINGDOM OF SUMMER

HAWK OF MAY

Ein weiter Bereich der Fantasy-Literatur und -Kunst läßt sich mit den Schlagworten „Schwerter und Zauberei" beschreiben. Einerlei, ob die Handlung in der Vergangenheit, Gegenwart oder Zukunft spielt, ob in unserer Welt oder auf fernen Planeten, meist kann die Vorlage für diese Geschichten in der keltischen Sagenwelt gefunden werden.

Die Überlieferungen aus der mysteriösen Welt der Kelten wurden durch Folklore und Sagen „gefiltert". Geschichte und Geschichten verwoben sich mit Mythen und Legenden, doch diese Vermischung von Fakten und Fiktion war tatsächlich ein Element der keltischen Tradition. In einer Zeit, in der es eher auf mündliche als schriftliche Kommunikation ankam, erhielt der Beruf des Barden eine Schlüsselrolle in der sozialen Struktur dieser Menschen. Das Erzählen von Geschichten war eine Kunstform, das Ergebnis von jahrelanger Übung und es war eine wertvolle und gleichzeitig unterhaltsame Form des Unterrichts. Gesetze und Stammesgeschichten wurden durch die Erzählungen von heroischen Taten hervorgehoben und betont.

Der Krieger ist vermutlich das am leichtesten erkennbare Symbol keltischer Tradition, er verkörpert eine ganze Anzahl wiederkehrender Themen. Seine Furchtlosigkeit im Angesicht des Todes zeigt die keltische Betrachtung des Universums. Der Tod ist nur ein Glied in einer endlosen Kette von Leben, Tod und Wiedergeburt, eine Türe von dieser Welt in die nächste. Das Ideal des Kriegers – so wie es in keltischen Legenden glorifiziert wird – ist der Tod inmitten einer Schlacht, umgeben von unzähligen niedergemetzelten Feinden.

Keltische Krieger wurden oft dabei abgebildet, wie sie die Reihen der abgetrennten Köpfe ihrer Gegner abschritten. Hinter dieser barbarischen Prozedur verbirgt sich aber keinesfalls eine Vorliebe für Trophäen. Die Kelten sprachen dem menschlichen Kopf eine besondere Rolle zu, sie hielten ihn für das Zentrum der spirituellen Kräfte. Daher mußte der Kopf des Feindes sozusagen als „Vorsichtsmaßnahme" vom Körper abgetrennt werden. Auch die Kriegerin zählt zu den keltischen Heldenfiguren.

Die Kelten lebten als Nomaden. Wo immer sie sich niederließen, übernahmen sie besondere Eigenschaften von den örtlichen Gottheiten in ihre eigenen Kriegslegenden. In den Nachforschungen tauchen immer wieder Helden mit göttlichen Kräften auf, wohingegen Götter bisweilen von menschlicher Verwundbarkeit sein können. Es gab einen fließenden Übergang zwischen Realität und Irrealem, wodurch die Kelten allerdings nicht als chronische Lügner abzustempeln sind.

IN WINTER'S SHADOW

Zwischentöne waren ebenfalls ein typisches Merkmal keltischen Geistes. Der Nebel, der weder Luft noch Wasser war, die Dämmerung zwischen Nacht und Tag, der Dämmerzustand vor dem Schlaf – weder tot, noch lebendig.

WINDMASTER'S BANE

SIGN OF THE UNICORN

Die Druiden waren das Band des Stammes zu den geheimen Kräften der Natur, die das Leben der Kelten regierten. Sie besaßen absolute Autorität, sie waren gleichzeitig Arzt, Wahrsager und Magier. Sie kannten die Heilkräfte der verschiedenen Wurzeln, Kräuter und Blüten und konnten sie im richtigen Mischungsverhältnis anwenden. Vom Flug eines Vogels bis zur totalen Sonnenfinsternis – es gab nichts, das sie nicht zukunftsweisend interpretieren konnten. In Trance-ähnlichen Zuständen betraten sie eine Traumwelt zwischen den Dimensionen, als Bindeglied zwischen Seele und Körper.

Als Priester standen sie allen rituellen Feierlichkeiten vor. Druiden werden oft mit den Megalithen in Verbindung gebracht, wie sie in Stonehenge und Wiltshire besichtigt werden können. Diese gigantischen Steinmonumente wurden allerdings lange vor der Ankunft der Kelten in Großbritannien um 6000 vor Christus errichtet. Doch es gibt keine Zweifel darüber, daß die Druiden die astrologische Bedeutung dieser Stätten kannten, ihre Einheit mit der universellen Ordnung der Dinge, und diese magischen Orte als Kultstätten zu nutzen wußten.

TRUMPS OF DOOM

NINE PRINCES OF AMBER

HAND OF OBERON

WELL OF SHIUAN

AMEN

Fruchtbarkeit – die des Bodens wie auch die des Stammes – war von jeher ein wichtiges Thema religiöser Riten. In den Überresten der keltischen Kultur lassen sich immer wieder Fruchtbarkeitssymbole finden. Die vier wichtigsten Feierlichkeiten des Jahres wurden in einem dreijährigen Rhythmus am ersten November, August, Mai und Februar abgehalten. Die neunmonatige Zeitspanne zwischen den Feierlichkeiten spiegelte die natürliche Schwangerschaftsperiode zwischen Empfängnis und Geburt wider.

In geheiligten Wäldern und Hügeln fanden sich ebenfalls Orte zur Anbetung der Kräfte der Natur. Rituelle Opfergaben waren Teil dieses Kultes. Üblicherweise wurden Tiere geopfert, um die Götter für den Fortbestand des Stammes freundlich zu stimmen. Bei Viehzucht, Jagd und Kampf stellten Tiere einen wichtigen Teil des keltischen Lebens dar. Ein Mensch, der die Form eines Tieres annehmen kann, ist häufig Inhalt keltischer Geschichten, ein Thema, das auch in anderen Sagen seine Parallelen findet. Ohnehin scheint es viele Gemeinsamkeiten zwischen dem keltischen Lebensstil und anderen Sagen und Legenden (speziell den Märchen aus dem Elfen- und Feenland) zu geben: die Nähe zur Natur, der Glaube an Zauber, Kenntnis der Heilkräuter und andere Dinge; selbst die Dolche, die die Druiden bei ihren spirituellen Opfergaben benutzten, müssen dazugezählt werden. Die Kelten führten eiserne Werkzeuge und Waffen mit sich. In den alten Feen- und Elfenlegenden wurde Eisen als Schutzmittel gegen den Elfenzauber eingesetzt. Es mag hierin ein Echo jener Epoche zu finden sein, als der Mensch der Bronzezeit – vielleicht zu seinem eigenen Schaden – die überragenden Qualitäten dieses neuen Metalls entdeckte.

Wasser stellte einen anderen wichtigen Aspekt der keltischen Vita dar – es wurde als Spender des Lebens betrachtet. Die Kelten mußten viele Flüsse und Seen auf ihren nomadischen Wanderungen überqueren, die Reisen über die Wasser erlaubten nicht nur Handel, es konnten auch Heiraten zwischen den Mitgliedern der versprengten Clans arrangiert werden.

Die Artussage stellt sicherlich die populärste Erzählung nach der keltischen Tradition von „Schwertern und Zauberei" dar. Die heroische Suche, die Zauberkraft von Merlin, der übernatürliche Ursprung des Schwertes Excalibur – alles ist eigentlich Teil des keltischen Traumes. Eine poetische Phantasie, die nur wenig mit dem realen König Arthur zu tun hat, von dem man annimmt, daß er nur ein unbedeutender englischer König war, der im fünften Jahrhundert n. Chr. lebte.

BUCCANEERS OF LAN-KERN

FIRESHAPER'S DOOM

COURTS OF CHAOS

SIGN OF CHAOS

Der Drache ist nicht nur eine Gestalt der Mythologie, es gibt auch Verbindungen zu den Kelten – der Drache wurde zum Wappentier von Wales. Das Wort „Dragon" (Drachen) wurde auch in der Bedeutung von „Anführer" oder „Häuptling" verwendet, ein „Pen-Dragon" war in Zeiten von Stammesfehden der „Häuptling der Häuptlinge". Etliche Geschichten über das Töten von Drachen mögen sich weniger auf feuerspeiende Echsen, sondern eher auf solche Anführer bezogen haben. In der Artussage war Uther Pendragon Arturs Vater, auf seiner Fahne sah man Y Draig Coch, den roten keltischen Drachen. Die „Drachenkunde" findet sich in vielen verschiedenen Kulturen auf der ganzen Welt. Viele Mutmaßungen wurden speziell über ihren Ursprung angestellt. Rein körperlich zeigt der Drache eine starke Ähnlichkeit zu den Dinosauriern, die Millionen von Jahren vor dem Menschen die Erde beherrschten. In den Flugsauriern jener Epoche, mit Spannweiten von mehr als 7,5 Metern, läßt sich sicherlich eher der Archetypus der Drachen erkennen als in jenen kleinen Flugechsen, die man heute in Asien finden kann – auch wenn diese den wissenschaftlichen Namen *Draco* tragen.

In den westlichen Kulturen hat der Drache meist einen recht schlechten Ruf. Das Töten eines Drachens war wohl die ultimative Heldentat eines Ritters. Diese Antipathie gegen Drachen läßt sich direkt bis zur Bibel zurückverfolgen, wo der Drache, als Verkörperung des Teufels, vom Erzengel Michael aus dem Himmelreich vertrieben wird.

Viel früher, also vor dieser durch das Christentum herbeigeführten Abneigung, hielten sich die alten Griechen ihre eigene Drachen-Galerie. In der zweiten seiner zwölf Aufgaben tötete Herkules die Hydra, den vielköpfigen Drachen. Ladon, Hüter der goldenen Äpfel der Unsterblichkeit – das Bewachen von Schätzen ist ein immer wiederkehrendes Thema in der „Drachen-Tradition" – wurde ebenfalls von Herkules erlegt und als Sternbild des Drachen am Himmel verewigt. Typhon war der Vorfahre von Hydra und Ladon, er wurde von Zeus bekämpft und getötet. Typhon stand in Verbindung mit bewegtem Meer und heftigen Windstößen, woran auch heute noch das Wort „Taifun" erinnert.

Der östliche Drachen wird ebenfalls mit dem Wetter in Verbindung gebracht, doch als Bote des Regens, der den Boden fruchtbar macht, verfügt er über einen wesentlich besseren Leumund. In China ist der Drache Sinnbild der Macht, er wird von der herrschenden Dynastie zur Schau gestellt. Es besteht außerdem ein Zusammenhang mit Yin und Yang, der natürlichen Harmonie zwischen Himmel und Erde. Auf „Drachenpfaden“ ziehen die Spuren dieser kosmischen Energie über das Land, ihre Existenz ist für die Menschen von großer Bedeutung. Der Platz eines Gebäudes kann für glücklich oder unglücklich befunden werden, je nach seiner Ausrichtung zu diesen Linien.

Eine Beziehung kann auch zu den Linien geknüpft werden, die die Orte der Megalithen in Nordeuropa verbinden. Es scheint mehr als nur ein Zufall zu sein, daß sich entlang dieser Linien eine überproportional hohe Anzahl von Plätzen findet, die mit Drachen in Verbindung gebracht werden.

ROAD MARKS

VISCOUS CIRCLE

TELZEY TOY (2)

DEATH'S MASTER

PURSUED

Es ist nicht einfach, den Ursprung der Sagen über das Elfenland auszumachen. Sind Elfen elementar? Die Seelen der Toten? Eine ausgestorbene Rasse, deren Erinnerung nur noch über Geschichten von Generation zu Generation weitergegeben wurde? Oder handelt es sich einfach nur um ein menschliches Phantasieprodukt? Es gibt viele Theorien, doch selbst Experten können nur Vermutungen anstellen.

Unsere heutige Vorstellung von einer Elfe – beeinflußt durch die Kunst und Literatur der vergangenen Jahrhunderte – ist die eines winzigen, geflügelten Wesens. Doch es könnte sich auch um Feen handeln, die so klein und mit schillernden Flügeln versehen sind. Generell ist dieses Reich der Elfen und Feen abhängig von der Volkskunde der verschiedenen Nationen, doch auch wenn die Namen für diese Winzlinge variieren mögen, die vielen Quellen der „Elfenliteratur" zeigen Gemeinsamkeiten, die Beschreibungen der verschiedenen „Spezies" sind oft sehr ähnlich. Da gäbe es zum einen die „Gnom-artige" Erscheinungsform, die man auch als „Schrat" oder „Troll" bezeichnen könnte. Gnome sind sehr erdverbundene Geister, sie werden bisweilen als rauhe und etwas schrumplige Gestalten beschrieben und sind meist in Zusammenhang mit dem Landleben zu sehen. Am anderen Ende des Spektrums findet man das genaue Gegenteil, ein zartes, zerbrechliches und zierliches Wesen – die Elfe. Elfen scheinen aus Licht und Luft zu bestehen, sie wirken eher wie ein Hauch als wie etwas Irdisches.

Es gibt den Glauben, daß es sich bei den Elfen um gefallene Engel handeln würde, die nicht gut genug für den Himmel, aber auch nicht schlecht genug für die Hölle gewesen wären. Wo immer sie hinfielen, da mußten sie bleiben, in der Luft, auf oder unter der Erde, als Bewohner von Strömen, Flüssen, Bäumen und Pflanzen. Diese Idee vereinigt sicher viele Aspekte der Elfenlegende. Die Zwiespältigkeit, mit der sie betrachtet werden, wird dadurch leichter verständlich. Sie können sich sanft und wohlwollend, aber auch durch und durch hinterhältig verhalten. Die Verknüpfung von Elfen und Natur ist ein weit verbreitetes Thema. Es gibt Wassernymphen, Waldelfen und winzige Feen, deren wichtigste Aufgabe der Schutz der Blumen ist. Doch so hilfreich diese Geister auch sein mögen, wie die Natur selbst können sie zu einer Gefahr werden, wenn man ihnen nicht mit dem gebührenden Respekt gegenübertritt. Einige Baumarten pflegen eine besonders enge Verbindung zu den Elfen, Eichen sind besonders hoch angesehen. Ein altes englisches Sprichwort lautet etwa: „Elfen und Feen kannst in Eichen du seh'n" – es ist also nur verständlich, wenn die kleinen Wesen sehr ungehalten reagieren, wenn ihr Baum gefällt wird. Wenn ein gefällter Eichenstamm neu austreibt, so heißt es, dann sollte der Mensch diese Gegend mei-

DARTRESS

TOO LONG A SACRIFICE

den, vor allem des Nachts und wenn es sich um einen Glockenblumenwald handelt!

Viele dieser Tabus und Übertreibungen, die sich um das Wesen der Elfen ranken, hängen mit der Furcht der Menschen vor allem Magischen zusammen; es soll wohl eine Art Selbstschutz darstellen. Der „Wechselbalg" ist ein ebenfalls immer wiederkehrendes Thema. Ein ungetauftes Kind ist ausgesprochen anfällig dafür, von den Elfen verschleppt zu werden, oft lassen sie dann einen von Ihresgleichen anstelle des Babys zurück. Sie könnten aber auch eine Alraune einsetzen, der auf magische Weise Leben eingehaucht wurde. Das Anfertigen von „Ebenbildern" – also des Wechselbalges – ist eine weit verbreitete Elfenlegende. Eine ebenfalls ziemlich unangenehme Eigenschaft der Elfen besteht in ihrer Fähigkeit, „das Gute" aus Nahrung und Vieh zu entziehen. Im äußerlichen Erscheinungsbild bleibt alles erhalten, nichts ist zu bemerken, doch die Essenz wurde gestohlen. Schmerzen können durch „Elfenschüsse" hervorgerufen werden – winzige Pfeile der Elfen durchbohren die Haut, ohne eine sichtbare Wunde zu hinterlassen. Das Resultat eines Elfenschusses kann drastisch ausfallen: Wer den sogenannten „Elfenstreich" erleidet, fällt in eine teilweise oder totale Paralyse. Auf diese Weise können die Elfen ihr wehrloses Opfer in ihr Märchenbuch verschleppen. Es wird geglaubt, daß der Teufel selbst die winzigen Elfenpfeile herstellt. Er gibt sie den Elfen im Austausch gegen ein Opfer, alle sieben Jahre muß einer aus ihren Reihen „zum Teufel gehen". Dadurch würde sich auch die Vorliebe der Elfen für das „Kidnapping" von Menschen erklären lassen: Statt einen der Ihren könnten sie dem Teufel ihren Gefangenen übergeben.

SPIRIT IN THE WOOD

BLUE ADEPT

HOTHOUSE

Alle Elfen besitzen magische Kräfte, der Mensch versucht sich so gut er kann mit Beschwörungen und Zauber dagegen zu schützen. Eisen legt beispielsweise einen Fluch auf Elfen, so daß es sehr oft als Schutzmittel verwendet wird. Die magischen Kräfte der Elfen scheinen mit geringerer Körpergröße abzunehmen. Die größeren Elfen sind in der Lage, ihre Form zu verändern, sie können eine Vielzahl von Gestalten annehmen. Da ihre Größe von übermannshoch bis zu winzigen Däumlingen variiert, können kleine Elfen wesentlich weniger Schaden anrichten. Alle Elfen besitzen die Fähigkeit, ganz nach Wunsch zu erscheinen oder sich in Luft aufzulösen. Ähnlich steht es auch mit dem „Zauberstaub" – ein magisches Mittel, das ebenfalls bei allen Elfen Verwendung zu finden scheint. Mit seiner Hilfe können Elfen einen Menschen das sehen lassen, was sie wünschen, daß er sehen soll. Was eben noch wie ein strahlendes Elfenbankett aussah, kann plötzlich verschwinden und nichts weiter als einen kahlen Hügel erblicken lassen. Erst eine Elfensalbe, auf die Augen aufgetragen, bricht den Fluch und erlaubt den Menschen, wieder die Wirklichkeit zu sehen.

BLOOD OF AMBER

Viele Legenden ranken sich um den Schatz der Elfen. Bisweilen wird der Ort, an dem er vergraben wurde, von einem Gnom bewacht, der es mit jedem Eindringling aufnimmt. Man sagt, daß ein Elfenkreis die Stelle markiert, an der der Schatz zu finden wäre. Diese Elfenkreise sind ein typisches Merkmal der Elfenkunde. Sie sollen von den tanzenden Füßen der Elfen geformt werden, die während ihrer Feste immer und immer wieder im Kreise Ringelreihen tanzen. Eine Person, die unachtsamerweise in diesen Kreis steigt, könnte sich plötzlich ins Märchenland versetzt sehen.

GUNS OF AVALON

JUXTAPOSITION

Der meistverbreitete Glaube über das Elfenreich ist der einer unterirdischen Welt von bezaubernder Schönheit, die oft nur durch eine Höhle in einem Berg zu betreten ist. Diese Ansicht scheint aus der Vermischung zweier getrennter Ideen entstanden zu sein: einer utopischen Welt, die von einer eleganten, götterähnlichen Klasse von Elfen bewohnt wird, und einem unterirdischen Königreich der Zwerge, Kobolde und ähnlicher Gestalten. Dennoch, es ist hier schon vermerkt worden, daß Elfen bisweilen garstige Charakterzüge offenbaren können – daher gibt es auch Berichte aus dem Elfenreich, die den Ort als höchst unangenehme Gemeinde beschreiben.

Es ist sehr interessant, einen Vergleich zwischen all diesen alten Geschichten über Menschen, die geraubt und ins Elfenland verschleppt wurden, und den

CITY OF BARABOO

modernen Meldungen über UFOs und Entführungen durch Außerirdische zu ziehen. Beschreibungen von großen „Engeln" mit goldenem Haar und kleinen, gnomigen Kreaturen zeigen eine unübersehbare Übereinstimmung mit der traditionellen Darstellung der Elfen.

Im Reich der Elfen scheint die Zeit verschieden schnell zu vergehen. Es gibt viele Erzählungen über Menschen, die dort nur wenige Stunden verbrachten, um dann herauszufinden, daß Jahre vergangen waren, als sie in die reale Welt zurückkehrten. Solche Zeitverschiebungen werden auch von den Begebungen mit UFOs berichtet. Es scheint also immer eine Kontrolle durch unsichtbare Mächte zu existieren, seien es nun Elfen oder …

THE JESUS INCIDENT

Die kleine Sammlung von 18karätigem Schmuck die wir hier zeigen, wurde in den Jahrer 1981–83 hergestellt. Irgendwann in einer nicht allzu fernen Zukunft, so hofft Tim, wird ihm einmal meh Zeit für diese kreative Aufgabe bleiben.

Tims grundsätzlicher Zugang zur Schmuckherstellung läuft über ungewöhnliche Erscheinungsformen Das gilt sowohl für die Objekte an sich, wie auch fü die Art ihrer Darstellung; ein gutes Beispiel lieferr die asymmetrischen Ohrringe. Die große Nachfrage des Marktes nach Schmuck wird zwar gut versorgt doch die Schmuckstücke aus der Massenproduktior können sich kaum von konventionellen Schranker lösen.

Bei Tim wird jedes Stück individuell durch eine Methode namens „*cire perdue*" (verlorenes Wachs vorbereitet. Dabei wird die Gestalt des Schmuckstükkes mit einer Vielzahl verschiedener Werkzeuge au Wachs geschnitzt. Dazu sind zahlreiche Wachssorter verfügbar, die Bandbreite geht von außerordentlich hartem bis zu sehr weichem, knetbarem Material immer abhängig vom Gehalt an Harzen in der Masse Bei der Ausformung der Gestalt muß sehr vorsichtig und akkurat zu Werke gegangen werden. Der kleinste Fehler kann die Arbeit der Stunden zuvor schnel zerstören. Tim verbrachte zwei ganze Tage mit de Herstellung der Wachsfigur für die Fliegenanstecknadel, dann brach er einen der Flügel ab. Es wa unmöglich, ihn wieder anzukleben, Tim war alsc gezwungen, mit einem frischen Stück Wachs vor Neuem zu beginnen.

Das Modell für die Anstecknadel hat sein Ende ir Tims Studio gefunden. Eine unaufmerksame Landung auf einem Stückchen Klebeband hat seir Schicksal besiegelt. Tim war von dieser Minitragädie so ergriffen, daß er beschloß, die Szene in Gold zu verewigen. Obwohl das endgültige Stück die selbe Größe wie die Original-Fliege aufwies, war es notwendig, die Wachsform etwas größer als das vorgesehene Endprodukt herzustellen, um Schrumpfungsprozesse beim Gießen mit einzuberechnen.

Der „Geflügelte Dämon", den Tim nach seinem Bild „*The Jesus Incident*" anfertigte, war das erste Schmuckstück, das er jemals produziert hat. E wurde als „Set", bestehend aus zwei Stücken hergestellt – der „Dämon" jagt einer kleinen Fliege hinter

her. Bei allen seinen Schmuckstücken hat Tim versucht, Steine zur Hervorhebung der Gestaltung einzusetzen, nicht – wie sonst oft üblich – das Design als Fassung für den Stein. So benutzte er eine schwarze Perle für das Auge des „Dämonen", da er auf diese Weise am nächsten an sein Originalkonzept herankam. Perlen sind für diese Art der kreativen Goldschmiedekunst ohnehin ein sehr wichtiges Hilfsmittel, da sie in den verschiedensten Größen verfügbar sind. In China wurde vor rund 500 Jahren zuerst entdeckt, daß man das Wachstum von Perlen auch auf künstlichem Wege anregen kann, indem man winzige Gegenstände unter die Schale lebender Austern einbringt. Unter den eingepflanzten Objekten waren damals auch Miniaturen des Gottes Buddha.

„Medusa" war Tims zweites Schmuckobjekt. Opale schienen mehr als jeder andere Stein geeignet zu sein, die Essenz der Legende – die fatale Wirkung eines Blickes in Medusas Augen – darzustellen. Es erwies sich aber als außerordentlich schwierig, zwei passende Opale zu finden, die bei Bewegung ihre Farbe in gleicher Sequenz änderten.

Die Löwenkopf-Brosche war das letzte Schmuckstück, an dem Tim gearbeitet hat. Sie wird hier als silberner „Master"-Guß gezeigt, da das Projekt nie fertiggestellt wurde. Silber ist als Gußmaterial deshalb geeignet, weil es die Details sehr gut annimmt. Die kleinen Anhänge werden „sprues" genannt, durch diese Passagen wird das Metall in die Form eingegossen. Der Löwe war ein privater Auftrag von einer Dame, die in diesem Sternzeichen geboren war. Unglücklicherweise änderte diese Dame – nach etlichen Wochen der Arbeit – ihre Meinung und Tim blieb auf einer ganzen Anzahl stattlicher Rechnungen sitzen, unter anderem für den Kauf zweier spezieller Rubine, die für die Augen des Löwen verwendet werden sollten. Das Besondere an diesen Rubinen war ihr Schliff, *en-cabochon*, sie erhalten dadurch eher eine Kuppelform anstatt „gewöhnlicher" Facetten. Der sechsstrahlige Stern, der deshalb über die gewölbte Oberfläche blinken soll, kann nur durch eine besondere Schlifftechnik erzielt werden, die an die kristalline Struktur des Rubins gekoppelt ist.

Einige der hier gezeigten Objekte wurden später bei Theo Fennel in London verkauft.

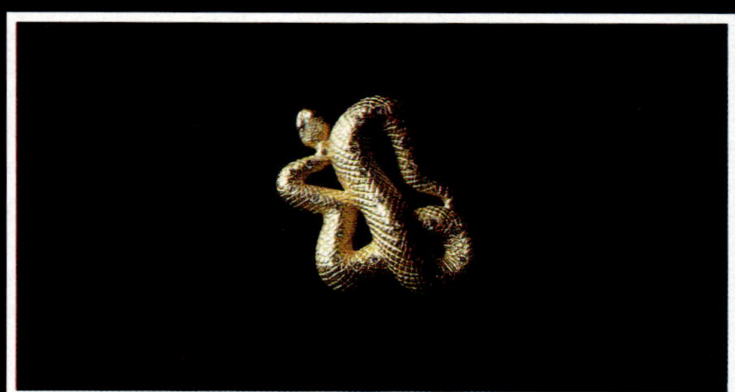

Es klingt zwar seltsam, aber wir lieben es, uns zu gruseln. Die Popularität des Genres Horror sowohl in der Literatur wie auch auf der Leinwand ist dafür wohl der beste Beweis. Es ist trotzdem schwer zu verstehen, warum irgendjemand diese Form der „Unterhaltung" wählt, wo doch schon das tägliche Leben genügend Horror für uns bereithält. Möglicherweise basiert die Popularität des Genres nur auf der Tatsache, daß es sich eher mit Fiktionen als mit Realitäten beschäftigt. Die Darsteller leben und leiden sozusagen stellvertretend für uns. Wie erschreckend deren Erfahrung also auch sein mag, es gibt immer das beruhigende Wissen, daß *uns* kein wirkliches Leid geschehen wird.

Jede erfolgreiche Fiktion erlaubt es uns, Emotionen durch Hineinversetzen in einen der Charaktere zu erleben. Liebesgeschichten handeln logischerweise vom Zauber des Verliebens. Doch in den Klauen der Angst ist es schwer, an die Allmacht der Liebe zu glauben. Angst und Schrecken gehören zu unseren ursprünglichsten Instinkten. Sie sind der Auslöser für den Adrenalinschub, für Kampf- oder Fluchtmechanismen, die entscheidend für das Überleben sein können. Es ist eine Emotion, die die Tiefen der menschlichen Psyche auszuloten scheint.

Der Horror hat viele Traditionen. *„The Castle of Otranto"* von Horace Walpole, veröffentlicht in der Mitte des 18. Jahrhunderts, ist einer der Vorläufer dieses Genres. Das finstere, weitschweifige Schloß oder Herrenhaus mit seinen verschlossenen Räumen, Geheimgängen, Verliesen, verbotenen Seitenflügeln, Spukerscheinungen und dunklen Geheimnissen, die großmütigen Protagonisten und die hilflose Heldin – all das wurde zum allgemeinen Rahmen von Hunderten von Geschichten, die folgten. Trotz eines Überreichtums an melodramatischer Handlung und dem vorhersehbaren Ausgang der Geschichte war der Siegeszug dieser Form des Horrors nicht zu stoppen, schon gar nicht auf der Leinwand.

„Frankenstein" und *„Dracula"* gehören sicherlich zu den meistbenutzten Charakteren des Kinos, sie sind in jedem Falle aber die berühmtesten literarischen Figuren dieser „alten Schule" des Horrors. Viele halten die bekannte Geschichte von Mary Shelley allerdings eher für den ersten wirklichen Science-Fiction-Roman. Die Legenden über Vampire reichen weit vor die Zeit von Bram Stokers Klassiker zurück. Doch in seinem *Dracula* hat er es verstanden, diese populären Vorstellungen einzufangen. Er erreichte damit eine Form der „Unsterblichkeit", die weit über den Zustand der Untoten hinausgeht.

Der Horror verfügt über eine ganze Auswahl stereotyper Grundfiguren, die sich auf Mythen und Legenden zurückführen lassen. Neben den Vampiren gibt es Zombies – Tote, die durch Hexerei wieder zum Leben erweckt wurden –, den Golem – ein Wesen aus Ton aus dem jüdischen Volksbereich – und den Werwolf – die Kombination aus Mensch und Bestie. Vielleicht lassen sich all diese Monstrositäten als eine Form symbolischer Repräsentation erfassen. Es ist gut vorstellbar, daß es sich bei diesen mythologischen Kreaturen um Manifestationen der Ängste unseres Unterbewußtseins handelt. Indem wir uns mit diesen Wesen konfrontiert sehen, stellen wir uns also unseren Urängsten. So wie kleine Kinder es vermeiden, auf Risse im Boden zu treten, damit sie nicht von irgendeinem unbenennbaren Schrecken befallen werden, so verwenden auch wir Erwachsenen eine ganze Anzahl von Praktiken des Aberglaubens, um uns vor besonderen Übeln zu schützen. Man könnte das als ein Hilfsmittel betrachten, mit dem wir versuchen, unsere Ängste rational zu erfassen. Vampire können mit Knoblauch oder religiösen Zeichen abgewehrt werden, sie werden vom Licht der Sonne zerstört oder durch einen Pflock mitten ins Herz getötet. Ein Werwolf kann mit einer silbernen Kugel erlegt werden. Gerade beim Werwolf scheint die psychologische Verbindung leicht erkennbar – er ist eine Personifizierung für den Kampf des Menschen mit seiner dunkleren Seite. Es gibt sogar eine medizinische Indikation (Lykanthropie), in der der Patient sich für einen Wolf hält und entsprechende Verhaltensmuster entwickelt.

DEVIL ON THE ISLAND

THE GRANGE

THE SANCTUARY

MOREAU'S OTHER ISLAND

MOUNTAINS OF MADNESS

Im Kontrast zu diesen vertrauten Figuren, die ihre Wurzeln in alten Legenden finden, konnten Elemente des Horrors sozusagen den umgekehrten Weg beschreiten und sich aus diesem Genre heraus zu einem fast mythologischen Status weiterentwickeln. Viele Menschen, die mit den Arbeiten von H. P. Lovecraft nicht so vertraut sind, glauben, daß das „*Nekronomikron*" (das dem Araber Abdul Alhasred zugesprochen wird und eines der „schwarzen Bücher" ist, auf das häufig in Lovecrafts Geschichten hingewiesen wird) wirklich existiert.

Der Erfolg von Lovecraft läßt sich vermutlich darauf zurückführen, daß er für seine dämonischen Kreationen eine komplett abgetrennte Welt von kosmischen Ausmaßen geschaffen hat, die aber dennoch in einem hohen Grad mit unserer Welt in Verbin-

THE LURKING FEAR

dung steht. In seinem Szenario wurde die Welt einst von „den Alten" regiert, einem Pantheon scheußlichster Monstrositäten, getaucht in Dekadenz und unvorstellbar böse. Doch die Gefahr hält auch heute noch an. „Sie" verstecken sich in unterirdischen Höhlen, in den unergründlichen Tiefen des antarktischen Ozeans und weit draußen hinter den Sternen – sie warten und entwerfen den Plan für ihre unvermeidliche Rückkehr. Lovecraft erreicht dabei eine Aura der Authentizität, indem er sich auf (erdachte) dokumentarische Ereignisse bezieht. Auf diese Weise werden fiktive Kreationen wie das *„Nekronomikron"* in einen real wirkenden Bezug eingewoben. Andere Schriftsteller haben sich dieses Konzeptes angenommen und so weitere Beiträge zur „Dämonologie" geschaffen.

DAGON

DEVIL'S DREAM

TALES OF CTHULHU

Granadas Auftrag für die Umschlagillustration zu drei Büchern von Lovecraft gab Tim die Möglichkeit, sich einmal näher mit dem Medium Horror zu beschäftigen. Es gibt Autoren, die nie die wahre Natur des Schreckens beschreiben, sie verlassen sich stark auf die Vorstellungskraft der Leser, die diese Lücken füllen soll. H. P. Lovecraft gehört nicht zu dieser Art von Schriftstellern. Vom illustrativen Standpunkt aus betrachtet sind seine Geschichten beinahe überladen mit graphischen Beschreibungen. Obwohl das für den Künstler sehr hilfreich sein kann, kann es auch Probleme aufwerfen, das gilt im besonderen für den Bereich des Horrors. Kreaturen, die in der Erzählform noch widerlich und abscheulich wirken, können ihre Eindruckskraft schnell verlieren, wenn sie zu buchstabengetreu auf das Zeichenpapier übertragen werden. Tatsächlich kann es vorkommen, daß sie viel eher lächerlich als erschreckend wirken.

MASK OF CTHULHU

Mit exakt dem gleichen Problem wird Tim konfrontiert, wenn es um die Ersinnung von Außerirdischen geht. Nachdem er sich entschieden hatte, es mit einer ganzen Serie von Monstern für die Trilogie zu versuchen, und daraufhin von den Verlegern die Klage zu hören bekam, er solle die Umschläge doch etwas reißerischer gestalten, mußte er sich an die Lösung dieses Problems machen. Als Überprüfungskriterium wählte er den Gedanken, daß sich bei einer Figur, die im gleichmäßigen Licht dargestellt den Betrachter nicht gerade zum Lachen anregt, der endgültige Eindruck durch etwas subtilere Lichttechniken noch verstärken lassen müßte. Die aus dieser Idee resultierenden Zeichnungen sind *„At the Mountains of Madness“* (Seite 130), *„The Lurking Fear“* (Seite 131) und *„Dagon“* (Seite 132). Grafton Books gab später noch weitere Umschlagillustrationen für Kurzgeschichten im Stil des *„Cthulhu Mythos“* in Auftrag.

NEW TALES OF CTHULHU MYTHOS

THE THIRTEENTH FLOOR

FIRE PATTERN

Der Roman *„Fire Pattern"* von Bob Shaw beschäftigt sich mit dem Phänomen menschlicher Spontanentzündungen, die bisweilen auch als „übernatürliche Entzündbarkeit" beschrieben werden. Für dieses Thema hat sich eine ganze Anzahl von Autoren interessiert, unter anderem Charles Dickens, der darüber in *„Bleak House"* schrieb.

Über die Jahre wurden einige Fälle dieser Spontanentzündungen sehr gut dokumentiert, der Ablauf scheint sich im allgemeinen zu gleichen. In einem unglaublich kurzen Zeitraum wird der gesamte – oder fast gesamte – Körper des Opfers zu Asche verbrannt, während die unmittelbare Umgebung, wozu Kleidung, Möbel und bisweilen Materialien von hoher Brennbarkeit gehören, von diesem Ereignis bemerkenswert unberührt bleibt. Andere Details, in denen die Berichte übereinstimmen, beziehen sich auf einen auffallend süßlichen Geruch, vollkommen verschieden vom Gestank verkohlten Fleisches, und einen blauen, öligen Rauch. Der Körper scheint sich von innen her selbst zu verbrennen, ohne Auswirkungen auf die Umgebung. Es scheint, als ob eine Art von Implosion stattfinden würde, bei der die Hitze eher nach innen als nach außen gerichtet würde.

Es wurden viele Theorien zur Lösung dieser Vorfälle aufgestellt, einige beinhalten auch übernatürliche Phänomene. So wurden starke Verdachtsmomente geäußert, daß Magnetismus eine entscheidende Rolle spielen könnte. Doch solange dieses Thema geheimnisumwittert bleibt, werden menschliche Spontanentzündungen eine faszinierende Frage für neugierige und wissensdurstige Menschen bleiben. Besonders bizarr bleibt das Phänomen durch sein ausgesprochen selektives Erscheinen. Welche Gemeinsamkeiten vereinten diese Menschen vor ihrem tragischen Tod, wer kann ihm zum Opfer fallen?

INDEX

DANKSAGUNGEN

Der *Weaveworld*-Teppich wurde im Tapesty Studio of the Royal College of Art von Victoria Brown (Mitte), Shelley Goldsmith, Tass Mavrogordato, Justine Randall und Madelaine Stephenson (jeweils eine Seite) hergestellt. Head of Department und Koordinatorin war Mary Farmer.

Fotografien des *Weaveworld*-Teppichs (Seite 82) von Graham Bush.

Blattbrosche (Seite 122) nach einer Idee von Lin White.

Tim möchte Christopher Vinten für seine unschätzbare Hilfe bei den Schmuck-Projekten danken.

Tims spezieller Dank geht an Lucy White (7 Jahre alt) für die Erfindung von vier Monstern auf dem *Weaveworld*-Teppich.

STEPHEN